透明の彼方

銀河　碧
Midori Ginga

文芸社

透明の彼方――目次

青空の雫は
限りなく
私達の粒子となる
透明な心のたけを
真実にあびながら
越えていく
あの彼方

青空の雫は
限りない
私達の星となる

空に解けた
この瞳は
今
大地を見上げている

敬愛の君

敬愛する君よ
君という魂が　宇宙を越えて
私の目の前へ　舞い降りた
万物の奇跡

敬愛する君よ
君という魂と　寄り添っている
私の後ろ姿は　記憶の中

永遠に
日だまりに包まれて

ああ　敬愛する君よ
君という魂は　絶えることなく
真珠の涙となって
私の魂を
狂おしく
燃やしつづける

会って下さい

突然の贈り物に
驚いたことでしょう
黄金の星のかけらが降ってきて
勢いよく　あるいは
大胆に
こわごわと　そして
儚げに
包み紙を　はがすごとく

私に会っていただきたいのです

宝物

宝物を与えられたいわけでは
ないのです
望むことは
宝物の地図を描きつづけること
時には
地図そのものを探すこと
唯一無二の心の樹木は
かけがえのない道しるべ

いつしか樹木には
黄金の宝が実りだす
実った宝の
慎ましく誇り高き香りは
風に踊って拡散されて

宝物を与えられたいわけでは
ないのです
勇ましく高潔な
微笑の口もと

あなたのためという
逃亡の滑走路

祈りは
神々しく　つややかな
丸い陶器の砂糖壺
重なった
薔薇模様の角砂糖は
純白の
細やかな
希望

あなたの海

海に浮かべてください
荒波にもゆるがず
さざ波にもまどわされず
静寂にも
孤独を認めないから
あなたの海に浮かんだはずの
私は
ああ　今

繊細で強い
漆黒のまつ毛の先から
一つぶ　二つぶ
涙のしずくとなって
こぼれ落ちていく

林檎

りんごを一つ
差し出された　手の上の
微笑ましさに隠れた
熱情

りんごを一つ
受け取った　手の上に
清らかさに香った

狂おしさ
したたり落ちる
みずみずしい　蜜は

りんごを一つ
甘く　焼きつくして

朝日の掌《てのひら》

温かな　羽毛に包まれて
生温《ぬる》い
しずくが
頬をつたう
血の気のない冷たい掌は
がっちりと
しずくを握りしめる
血の気のない冷たい掌は

ひっそりと
濡れて
熱い朝日のまぶしさに
かざした掌が
ゆっくりと
温められて
血の通い始めた掌は
力強い脈を打ち
生まれたばかりの鼓動を
感じるだろう

ナデシコ

ナデシコを買って
バスにゆられて
帰り着いた
お部屋の窓際で
真昼の光を
浴びている花びら
たちまち
お部屋には

少女の合唱が
踊りだす

虹のありか

虹を探しに行った
あの時の僕と君が見たような

どこへ行っても
何をしても
僕の瞳は見つけられず
つかんだようで
その端さえも

虹は姿を見せず

幾つもの駅をぬけて
ああ　やっと
僕は見つけたのだ
あの時の僕と君のような
半透明の風の中に
虹のありかはこの場所だと
僕だけがたどりつける
ゆずれない　歴史の中に

うそばかりの
広大な草原で
大切なうそを
拾いました

未知の喜び
既知の郷愁

ある一冊の本

君がいつも背負っている
リュックの中には
ある一冊の本があると
彼らが言っていた
私は急いで
ある一冊の本を手に入れた
扉を開くと
君が生きていた

それから私も
ある一冊の本と共に過ごした
私だけが出会った
誰も知らない君
でも本当は
彼らという君のことは
見つめられるけれど
ある一冊の本の中の君のことは
一瞬しか見えなかった
私は呼吸ができない

世界だったから
ただ共に過ごしただけの君と私
私が見つめられたのは
私の瞳の中の君でした

君と現在《いま》

アイスティーに一滴
ブランデーを落として
真昼の君は
キャラキャラと
舞い踊る
氷のカケラのような
思い出を
笑い砕いていく

重なる真紅

薔薇の園
真紅の花びらは
ちらほらと
満ちたりた泉を彩って
今は　もう
びっしりと
真紅に染まった泉は
底も見えないほどで

確かに泉はあるけれど
魅きつけるのは
真紅の花びら
また一枚
はんなりと
重なる真紅は深くなり
まぶしいほどの
真昼の日陰

男の手

肩に置かれた
男の手は
あまりに薄っぺらで
私の身体は
払いのけることさえ
忘れてしまった
肩に残された
無重力の

男を彩ってきた
生きざまの
虚しさ

眠りつづけて

夢の中に
私
遊びに行ってもよいかしら
眠りたいだけ
眠りつづけて

夢の中に
私

訪ねて行ってもよいかしら
眠りたいだけ
眠ったら

いつかきっと
朝日のまぶしさを
瞳は吸いこむから

それまで一緒に
眠りつづけよう

窓ガラスの山

窓ガラスの世界に
そびえる山
壮大な命のてっぺんを
つないだら　ゆるゆると
頼りなげな
ひとすじの線が浮かんだ
この山を抱けるほどの
深い心という神秘

選びとるのは
この心の瞳が見たもの
強固で
石のように硬質な
意志

積もらない雪

舞い踊り
絶えず絶えず降りそそぐ
ああ　これは
積もらない雪だから
瞬きの一瞬
ああ　すぐに
しっとりと濡れて
跡形もなく

消えてしまう雪だから
いつかは
跡形もなくなると知りながら
いつまでも
永遠に残ると知りながら

雄大な提案

悠々と
しばらく見物しようかと
山が誘ってくれるのです
このするすると
広がる雲を体に巻いて
もわもわと眠りなさいと
空が受けとめてくれるのです
甘い香りで彩って

今すぐ一緒に出かけてあげると
花が支えてくれるのです
昨日と同じように瞳をこらしても
今日にしか見えないことがあると
明日だから感じられることがあると
だけど
その瞳はあなたしか持ち得ない
苦しいほど
太陽に見つめられて
さっぱりしようか

そのままの思いが
ありのままの現実を
あるがままに突き動かす
何者もどんな干渉も攪拌《かくはん》して

心の展覧会

直視できない朝日を
たっぷり見つめられる夕焼けに
つるつると刺繡した
心の展覧会

あなたの一言

ありがとう
その一言でよかったのです
理由もなく
涙したのではなく
私が失っていた
理由を
あなたの一言で思い出したから
涙したのだと

涙の理由を
今　知った
ありがとう

夏に向かう

夏
夏
燃えたぎるような夏
この胸にかき散らす
この濁った海を見事に
泳ぎきり
必ずたどり着く
その場所で

私は
待ちうける私と
熱い抱擁を交わし
固い握手に誓うのだ

心をとらえて

太陽がはしゃぐ真昼
私のつま先
陰の中に生えるバラ色の
ペディキュア
するするとつるになり
あなたの心に巻きついていく

不安な歓喜に
かくれんぼしていてほしい
今日の夜

八月の私

二月に出会った私達
八月の笑顔の君は
終わらない夕方の
せつないバニラの香り
しっとりと訪れた
真夜中に
オレンジ色の満月を見る
息苦しいほどの君の瞳の中

八月の私を
君は知らない

お祭りの宵

お祭りの
盆踊りの宵の空
ちらほらと
風に吹かれて
舞い上がる
ささやき声は
星のかけら

緩慢な晴天
閑日月に
にわかに舞い上がる
新生の
きらめき

誕生日

流れる時の粒
心を奪われる
ちりばめられた
瞬間
いつかは
わからなくても
いつでも
遠くにも

近くにも
毎日が
私の誕生日

時

時を生きる私は
確かに
時を刻みつづけて
時を生きながら
確かに
時を抱えていた
たとえ
すれ違っただけでも

人は時を生きているのだから
何かを刻み行き過ぎる
時の中で私は
確かに
刻みつけていた
記憶の異次元に
時を生きる私だから
いつでも行けるのです
時の入り口に

ある新緑の夜

新緑の夜空
貴方に会いたいと思います
会えない現実に
安心しながら

凛々しさと潔《いさぎよ》さの透き間から
こぼれ落ちる
恋情の結晶

遊星

あなたの瞳にとびこむと
宇宙の銀河を見つめるようです
あなたは
大袈裟《おおげさ》だと笑うでしょうか

あなたの瞼《まぶた》が閉じられると
宇宙のブラックホールに
呑み込まれそうです

あなたは
腑《ふ》に落ちないと困るでしょうか

どこまで近づいたらいいのでしょう
どのくらい受け止めてくれるのでしょう
どこかまで行ってしまったら
どうしましょう
あなたを
突きぬけて

葛藤の
群青色の夜の中
光の群生を
目にしている

源流

夏木立
涼風にそよぐ哀切
田園の
まばゆい稲穂に
誘われて
どこまでもつづく
草色の道
太陽は

黄金のかけらの粒子となり
私という魂の
脈を打ち
確かに
この道に流れる時の香りは
私の肌の香りであった
貴方の言葉が紡ぐ
この街の歴史は
いつでも

高潔な白銀の断片

貴方の魂の源流は
確かに
私の魂の源流であり
故郷という名の永遠

かつて
にぎわいの小さな街は
純朴な静けさ

豊かな
黒髪と
愛しい
げたの音と
貴方の
薄紅色の
微笑に
出会ったような
真昼の街角

希望の結晶

氷点下の
あなたの街の便り
鋭く淡く包まれて
吹きすさぶ風に
飛ばされた
あなたの希望の結晶は

何億光年も離れたような
目眩のするほど
か細い私の心に
逃げないで
消えないでと
あわてて抱えこむ

土壌

潔く　鋭く　高潔で
冷徹なほどの
客観的な
眼差と
甘く　淡く　優美で
華麗なほどの
夢想的な
志で

開墾される
この土壌
やはり
あの境界線を越えてはならない
足跡をつけてはならない
あの土壌

守られ育まれてきた
あの土壌を
形容する言語を

私は持たない
そして
あの境界線のふもとから
流れでる清流の輝きが
この土壌を
あの土壌を
絶えず絶えず
肥沃にする

背景の時

二人で紅茶を飲みましょう
じっくりと待って
私はただ向かいあって
通りすぎる
背景の時を感じたかったのです
あなたの魂を中心に

二人で紅茶を飲みましょう

通りすぎた
背景は時を流して
あなたという魂は
変わらない時を保って

桜色の羽衣

桃色のやさしさは
ふわふわと
透明に降りそそぐ
光の中
桜色の羽衣になって
静寂のあたたかさ
私とあなたの心を
はらりと包む

輝きすぎているから
照り返す光の中
何も見えないような
めまい

推量の我が身

遥か彼方に
疑う余地もなく
現れるだろうと
信頼していた
我が身

流転する
今という今を

信頼してきた
我が身こそが

遥か彼方の
我が身だった

僕たちのダンス

オクラホマミキサーを聞いた
風にのったメロディーが
夢からさめた僕の
もったりした心を
ほぐして

あの時の君は
踊れば踊るほど

遠ざかり
逆回転の輪の中で
君の髪の毛は
さらりと揺れて
ふり向けばふり向くほど
細切れになった

苦笑した口もとは
僕の見まちがいなのかい

オクラホマミキサーを聞いた
近づけずに回りつづけた
僕たちのダンス

夢の中では今でも
踊るよ

藤色の貴方

深い藤色に包まれて
たたずむ貴方は
凛と正面を向いて
ふり返らず
寄せては返す
絶え間ない感情の波を
深い藤色に包みこみ
はにかむ貴方は

どれほどの想いを
心の海に浮かべてきたのか

あなたはいつも
触れられそうで触れられない
歴史をまとい
私が思う時
いつでも
深い藤色に包まれていた

深い藤色のきものに
潔白な白い足袋が
まぶしかった

銀杏の木の下

銀杏の木の下で眠りましょう
時を超えて
ガラスのかけらが反射して
光は風を温めた

銀杏の木の下で眠りましょう
時を超えて
歪んだ時間は

いちごの香りに満たされた
甘ずっぱくせつない眠りの中
銀杏の木の下で眠りましょう
夢から覚めると
幼顔の私が
駆けて行った

少女の蕾《つぼみ》

肉厚な感触
皮膚の安堵
渦巻状の
神秘に魅了され
椿の蕾をもぎ取った
両手にあふれる
緑の未知

誇らしげに見せると
困り顔で嘆かれて

蕾の魅惑が
花を咲かせていた
少女の指先

ある本能

行方知れずの本能は
あなたが私のもとへ
連れ帰ってくれたのです
ぎこちない本能は
欲求の種をまき
今はもう
満開です

私は
濃厚な香りに
息をつまらせて
満開の花畑に
一人
立ちすくむのです

白樺並木

白樺並木を歩きましょう
しっとり濡れた
まつ毛に緑を吸いこんで
さあ
あの曲がり角
そっと手を振り
新しく出会った私と
もう少し歩きましょう

花びらのアーチをくぐりぬけ
純粋の花束をかごに摘み
馬車にゆられて
はかなげな強さは
充満する香りのつぶ

瞳

私は貴方の瞳にうつったわ
貴方は私の瞳にうつったわ
何を通しても
異次元に閉じこめられるから
瞳にうつったお互いは
ただ
永遠の命をもらって
記憶の海を

さまようの
貴方の瞳にうつった私と
私の瞳にうつった貴方の
あいまに漂う
私達

甘いお菓子

粉砂糖を
うっすら
ちらちら
ふりかけられて
すっかり君は
愛しげな
甘いお菓子

チェリーの忠告

白い陶器の皿の上
並ぶ真紅のチェリーは
私の瞳の前に踊り上がり
もっと赤く
もっと高く
恋しがれと
歌い奏でる

口づけたチェリーの蜜は
私のきちきちの輪を
しゅわしゅわ溶かして
もっと赤く
もっと深く
まつ毛の先から
魅きつけろと
楽器を奏でる
私は
赤い瞳で飛び出した

二人の頬をつつく風が
恥ずかしそうに行ったり来たり
時計を倒して眠る夜

宇宙の彼方へ

仕舞いきれないカンジョウを
一つずつ整理整頓
でも　少し休憩です
カンジョウの噴水に
宇宙まで吹き上げられよう

百花繚乱

早朝の光の粒
届く小鳥のおはなしは
百花繚乱の花びら
甘美な時空に舞い散る

ある新緑の朝

新緑の木の葉
潔く誘っている
あなたに触れられて
夏の日の氷砂糖
この身をなぞる
晴天の朝

唯一無二の

今　この瞬間に
あなたという魂が
灯されているという事実

夢でも希望でもなく

その事実という現実こそが
私に

唯一無二の命を
生きさせてくれる

愛屑

愛という言葉の命を
与えたのは誰
万物は愛であり
貴方は愛であったから
飛びたつ瞬間
貴方が愛であるのだと
永遠の命を生みだして

愛から生まれて
愛への未知から生まれる
愛の源料を変形させた
宇宙を彩る
愛屑

失われずに

失わないと決めたもの
失ってしまいたいもの
失わなければいけないもの
失いたくないもの
すべてに
巻きこまれて
すべてに
翻弄《ほんろう》されて

すべて
失った
だけど思いもよらず
失ってはならないと
信じていたものは
失われていなかった

人間の本質で
かけがえのないもの
私にも貴方にも　あるもの

ひとかけら

あの一片を拾い集めていたのです
あのころは
この一片になって
拡散しているのです
このごろは

紅梅

紅梅の咲くころ
私は
生涯で出会うことのない
君を見た
今までもこれからも
紅梅色の振袖で
蹴鞠のようにふり返り
ふり向きざまに

桃のように
笑った

心に問う

愛ゆえの憎悪
友情ゆえの嫉妬
向上ゆえの焦燥
希望ゆえの失望
前進ゆえの哀愁
親睦ゆえの馴合《なれあい》
関係の中から
沸騰する

幾多の情念
生きているからこそ
荒波をあびて
生きているからこそ
心に問いつづけ
自らの心で
つかみとる

だから今日も

心をかすめる一瞬の輝き
こぼれ落ちそうな
見逃しそうな
ささやかな一瞬の輝きでも
その輝きが
確実にあるという真実
だから今日も
目覚められる

すみれの花の色をした
ため息は
すみれの花の香りに
飛ばされて
少女の瞳に
可憐な祈りを
咲かせた

一途な喜び

甘美なメロディーを
甘美な声で口ずさんだ
美しい景色に
美しい空気を吸いこんだ
私の体は
この草原よりも
果てしなく澄みわたる
ああ　これほどに

自然なことを
自然に受け入れられる
私の心は
この一途な喜びに
大空へ
駆け出した

礼節

帽子をそっと手にとり
きっぱりと
おじぎをしました
微笑の真実
何よりも暖かく
何よりも自律した
礼節は
やすらかな絆になりました

星屑に魅了された薔薇

貝殻をそっと

貝殻をそっと
耳にあててごらん
海の音がするよ
さざめく波の深い安堵
生成の砂に抱かれ
まぶしさの透明な空
深緑の海岸線

貝殻をそっと
運びつづけた
とろける時間
貝殻をそっと
包みこみ
遠い遠い
世界の無心に浮かび
どっぷりとつかる
眠りの底

いつも夏

夏を生きていた
あなたの腕
太陽に向かって
伸び上がる
生命力に息苦しいほどの
幹のようで

幼いころ

抱きついて力一杯
腕をまわした
幹のように
広大な空を感じた

夏を生きていた
あなたの腕には
あれから一度も
出会わず

季節の中で
あなたの腕は
いつも
夏

月夜の箱舟にゆれて
考えつづけていた
夜空の下で
三日月の
青白い光にてらされて
影絵の世界に変貌する
二人の物語

そわそわ

そわそわと
喉から胸がざわめくのです
まだ冬だと感じるのに
春一番という名の風が
吹きすさぶようで
そわそわという思いを
あなたは
私に与えた

指先

ひっそりと
自然に佇む指先は
あなたという魂の
宇宙と彩る世界を
紡ぎだし
見つめる私は
幸福な疎外感

花束

リボンで編んだ薔薇をくれた
あなた
そこには
真心という生命が生まれて
辺り一面に香っている

ねえ嬉しくなっちゃうんだ
草色の散歩道
ねえ楽しくなっちゃうんだ
沈丁花の坂道

放水される時

真夜中の静寂に時の流れ
時計の音が
忙しく
規則正しく
動きまわる
私は真夜中に目を見開いて
やがて
カラメル色に染まりだす

カーテンの生地を
見つめていた
無遠慮に
カラメル色は部屋に入りこみ
私はカーテンの生地を引きさって
部屋から追い出した
眼下に広がる白い街に
忙しく
規則正しい
時計の音は

ぽんぽん
乱れ散り
時の流れは
せき止められた——

見つめると

純白の鶴がいっせいに
銀河へ
飛び立っていくと思いました
見つめると
それは
繊細な大粒の雪でした

ずっと僕は

決まっていないよ
心の中の尊さを
保つことができるから
ずっと僕は
天使でいられる

決まっていないよ
君も彼女もあの人も

誰だって
天使でいられるはずなんだ

飛びたてなくても
わかるよ
翼の音と粉雪の白さは
感じるから

小さな手のひら

待っててね
たくさんの
どんぐりの実を拾うから
さあどうぞ
あふれそうな
小さな手のひらから
くるくると
あなたの

大きな手のひらに
私が見つけた宝物だから

あの
小さな手のひらは
もう
あなたの手のひらよりも
大きくなった

春の正午すぎ

春の香りと
希望のきらめき
緑の日ざしに
ひたされて
菜の花に隠れた
ありふれた
不安たち

お散歩

トコトコ歩くわたしの
たった一つの麦わら帽子
世界で
たった一人ぼっちの
お日さまが
ニコニコ笑っている

行き巡る

例えば
貴方だけが月灯《つきあか》りに照らされていると
戸惑ったら
私は闇の中だから
貴方を見通すことができると
感謝する

例えば
二人だけが近くに寄り添う星だと
酔いしれそうになったら
私は見届けることのできない
無数の星の存在
それから距離を
見失わないようにする

不特定多数の中の
個人的な特定

とにかく
いつでも途中で
解き分けて
とにかく
どこでも途上で
説き分けて

胡桃の化石

胡桃の木が
悠々と生きる
緑の土手で
川を流れる
光の雫を見つめていた
柔らかな風に
肩を抱かれて

胡桃の木が
青々と茂る
緑の土手で
川を漂う
雲の雫を見つめていた
柔らかな風と
手をつないで

貴方がそっと手渡した
藍色の胡桃の化石

遥か彼方から
流れつづける
この川
遥か彼方から
流れついてきた
貴方と私の魂
巡る巡る時空の彼方
宇宙をまきこんで

藍色の胡桃の化石は

この地で
幾億もの時の粒を吸いこみ
幾億もの熱い瞳を見つめていた

胡桃の実をそっと拾うと
胡桃の木がさらりと揺れて
風の行方を見渡すと
いつの間にか
向こう岸で
手を振るのは

貴方

いつかは
藍色の胡桃の化石
いつでも
藍色の胡桃の化石は
貴方と私を
結びつづけている

旅路

等しく
熱い血を流し
守ることができる
巨大な慈愛
――心魂のつぶやき
旅立ちの鐘

愉快に突き進む
着実な足どり
——真実の贈答
旅立ちの軌道

言葉という伝達
文字という伝達
これほどの
おもいを
どれほど
伝えているのか
あまりに
冷たく澄みわたり
ひどく深い

わたくしは
所有することなく
わたくしたちは
共有していく
輝きちる
真心の灯火《ともしび》

草穂の雫が
一雫
私達は
果敢に繊細に
ふれていく

草穂の雫を
一雫
私達が
熱くゆるやかに
とかしていく

草穂の雫に
生まれる波動
見つめる遥か
朝もやの道
私達は
一雫一雫の
夢を生む

透明の彼方

2001年11月15日　初版第1刷発行

著　者　銀河　碧
発行者　瓜谷 綱延
発行所　株式会社 文芸社
〒112-0004　東京都文京区後楽2-23-12
電話　03-3814-1177（代表）
03-3814-2455（営業）
振替　00190-8-728265
印刷所　株式会社 平河工業社

ISBN4-8355-2726-7 C0092